Marcos Cezar de Freitas

As asas do burro de Einstein
memórias de um sobrevivente do bullying

Rodrigo Abrahim
Ilustrações

1ª edição
2ª reimpressão

© 2011 texto Marcos Cezar de Freitas
ilustrações Rodrigo Abrahim

© Direitos de publicação
CORTEZ EDITORA
Rua Monte Alegre, 1074 – Perdizes
05014-000 – São Paulo – SP
Tel.: (11) 3864-0111 Fax: (11) 3864-4290
cortez@cortezeditora.com.br
www.cortezeditora.com.br

Direção
José Xavier Cortez

Editor
Amir Piedade

Preparação
Lucas de Sena Lima

Revisão
Alessandra Biral
Rodrigo da Silva Lima
Roksyvan Paiva

Edição de Arte
Mauricio Rindeika Seolin

Impressão
Paym Gráfica e Editora Ltda.

Dados Internacionais de Catalogação na Publicação (CIP)
(Câmara Brasileira do Livro, SP, Brasil)

Freitas, Marcos Cezar de
    As asas do burro de Einstein: memórias de um sobrevivente do bullying / Marcos Cezar de Freitas; ilustrações Rodrigo Abrahim – 1. ed. – São Paulo: Cortez, 2011.

ISBN 978-85-249-1758-5

1. Literatura infantojuvenil. I. Abrahim, Rodrigo. II. Título.

11-05626   CDD-028.5

Índices para catálogo sistemático:

1. Literatura infantil   028.5
2. Literatura infantojuvenil   028.5

Impresso no Brasil – novembro de 2023

*Para o menino Paulo e
para a menina Patrícia,
que me contaram suas histórias.*

*"Sei que só eu mesmo posso entender
o que há por trás de cada miniatura."*

1

De vez em quando eu paro, olho ao redor, observo cada uma das miniaturas que fiz. Elas têm vida, têm histórias e são, cada uma a seu jeito, a forma que encontrei para contar coisas que não consegui contar de outra maneira. Sei que só eu mesmo posso entender o que há por trás de cada miniatura, mas não tem problema. Para mim, basta saber que consegui contar o que queria. Nem sempre é fácil contar o que se passa com a gente.

Vejo pequenos animais, arvorezinhas, trenzinhos, pessoas... Nos últimos anos tenho me dedicado a fazer miniaturas de cidades. Quando estão prontas, começo a pensar nas pessoas em seus lugares e aos poucos sinto a necessidade de fazer um menino passando de bicicleta; um homem consertando um relógio de estação; uma multidão passando para ir ao trabalho. Nunca sinto que estou somente criando algo novo; sinto que estou me lembrando.

Miniaturas e pequenos espaços: gosto de brincar com o tempo. Gosto de falar com imagens aquilo que não consegui falar com palavras; aquilo que não conseguiria falar de outra maneira.

Numa das cidades que montei fiz pequenos carros bem modernos, parando nas avenidas com grandes engarrafamentos, mas coloquei nas esquinas homens com realejos. Espalhei nas praças músicos e pintores. Misturei épocas.

Assim eram os meus dias. Estava sempre ocupado, mexendo as mãos, tentando fazer as coisas do mundo em tamanho pequeno, pequeníssimo.

Por isso, os dias para mim eram muito parecidos uns com os outros, pois quase sempre eu estava sozinho raspando madeira, esculpindo, martelando, colando, pintando, enfim, fazendo meu trabalho.

Mas aquele dia, que parecia ser apenas mais um, foi diferente. Como sempre, eu estava me concentrando para terminar uma encomenda a tempo. Mas a vida tem surpresas e, por isso, aquele dia teve algo especial.

Eu procurava trabalhar brincando com a memória e, ao mesmo tempo, imaginando as pessoas nos seus pequenos espaços, cruzando as cidades, percebendo e não percebendo o que acontece com cada um que cruza o nosso caminho.

Minha oficina estava muito bagunçada. Fazia menos de seis meses que esse novo ateliê estava aberto.

Eu estava de volta a minha cidade após muitos anos morando fora. Estive fora porque, sem que eu esperasse, essa história de fazer miniaturas e estatuetas me tornou conhecido e eu pude ganhar estradas para mostrar minha arte.

Tudo começou quando fiz uma exposição de miniaturas inventando os animais preferidos de algumas pessoas conhecidas. Nessa exposição, em tamanho minúsculo, inventei um leão para Nelson Mandela; um jabuti para Gandhi; um bicho-preguiça para Van Gogh; um burro para Einstein e muitos, muitos outros. Gostaram. Fotografaram. Espalharam a notícia.

Um jornalista soube, visitou minha exposição e também fotografou e espalhou a notícia. Porém, espalhou-a para muitos outros lugares e pessoas.

Pouco tempo depois comecei a receber convites para expor miniaturas e encomendas para fazer pequenas cidades com personagens de tempos misturados.

Acabei rodando o mundo expondo a "cidade das árvores"; a "vila dos trens fantasmas" e, entre tantas cidadezinhas inventadas, a que mais me agradou expor foi a "cidade dos meninos-sacis". Essa me fez ganhar um prêmio.

Eu havia feito essa cidade-miniatura após visitar um país da África que viveu muitos anos em guerra. Após o tempo de conflito muitas minas explosivas tinham sido esquecidas enterradas. Muitas crianças perdiam parte das pernas ou morriam quando acidentalmente as minas explodiam.

A "cidade dos meninos-sacis" foi uma homenagem àqueles meninos que sobreviveram.

Eu me lembro das coisas por muito tempo e algumas me dão a impressão que jamais serão esquecidas.

Por muitos anos eu me lembrei desses meninos-sacis todos os dias.

Uma vez dei uma entrevista e à medida que respondia eu mesmo ia percebendo que sempre me mantinha pensando na história dos que sofrem violências sem motivo algum, sem entender as razões e que, mesmo assim, após tudo, sobrevivem e continuam.

2

Mas, de fato, aquele foi um dia diferente.

Ela entrou na oficina quando eu estava terminando de organizar a "cidade dos burros voadores" que eu iria montar na escola em que havia estudado quando menino.

Em razão dos problemas de audição que adquiri, era impossível para mim perceber quando alguém se aproximava.

Quando vi, ela estava diante de mim:

— Meu amigo, você ainda me reconhece?

Mesmo após tantos anos eu me lembrava. Nos anos que passaram eu sempre permaneci escutando na imaginação a forma carinhosa que ela usava para me chamar quando havíamos estudado juntos.

— Há quanto tempo, seja bem-vinda!

3

Conversamos muito enquanto eu embalava as miniaturas. Contamos sobre o que havia acontecido com cada um.

Descobri que ela tinha voltado para a cidade com seu marido logo após o nascimento de sua filha.

Mas descobri mais. Ela tinha naquele momento uma grande preocupação, ou melhor, uma grande tristeza.

Ela descobriu que sua filha, que estudava na mesma escola em que nós havíamos nos conhecido no passado, estava sendo perseguida por um grupo de alunas.

– Estamos vivendo uma triste experiência, meu caro. Descobri que as meninas se referem a ela como "Dumbo", porque suas orelhas são muito abertas. Por *e-mail* ela é ameaçada, xingada e, agora, ela morre de medo porque essas meninas sempre fazem que ela passe vergonha.

Mesmo com minha dificuldade em ouvir prestei muita atenção e fiquei impressionado com tudo o que minha amiga estava contando.

– Ela tem sido ameaçada. É obrigada a obedecer; caso contrário, é ridicularizada diante dos outros. Vive apanhando. Eu soube que uma vez puxaram a orelha dela até sangrar. Ela não me contou e inventou que tinha caído na aula de Educação Física.

Meu coração ficava cada vez mais gelado enquanto a história da "Menina-Dumbo" era explicada para mim em detalhes.

– Eu só não consigo entender por que ela não falou comigo, por que não pediu socorro esse tempo todo...

– Nem sempre é fácil, acredite; nem sempre é possível.

A visita me surpreendeu e me deixou feliz. Ao mesmo tempo fiquei triste e preocupado com a "Menina-Dumbo".

Eu sabia que voltaria à escola alguns dias depois para montar com os alunos a cidade em miniatura que prometi. Pensei que seria bom encontrá-la e conhecê-la.

Senti muito frio enquanto ouvia com dificuldade aquela história. Aliás, quando fico triste sinto frio, não sei qual a razão.

Pensei comigo: "Será que essa história nunca acaba? Novamente uma história envolvendo orelhas?"

Reencontrava uma antiga amiga, mas, ao mesmo tempo, começava a perceber o que seria voltar para a escola na qual eu havia estudado.

Isso estava prestes a acontecer.

5

Entrei caminhando bem devagar como quem volta a uma caverna em que já esteve um dia. Segui passo a passo ouvindo com dificuldade, ao longe, o barulho das crianças que me aguardavam no pátio.

Fui passando por corredores que na minha memória permaneciam como gigantescos túneis; daqueles que demoram muito para acabar. As pinturas pareciam menores naquele momento em que voltava.

Os olhares dos quadros pendurados na parede ainda estavam lá, mesmo que não me olhassem mais com raiva, tal como faziam naquele tempo em que todos os dias eu tinha de enfrentá-los para chegar até a sala de aula.

"Os olhares dos quadros pendurados na parede ainda estavam lá."

Pareciam, então, menos ameaçadores do que foram durante os anos em que estudei naquela escola. Tornaram-se simplesmente quadros e eu quase sorri para eles, tentando mostrar que estava de volta e que não guardava ressentimentos.

Eu ainda me sentia o mesmo, só que mais velho. Tal como no dia em que saí, muitos anos antes, ainda tinha dificuldade para escutar. Uma dificuldade que adquiri naquela escola e que seguiu comigo pela vida afora. Por isso, eu usava um aparelho no ouvido direito.

Mesmo com a audição prejudicada, quanto mais eu caminhava, mais o barulho do pátio crescia e mais eu percebia que me aproximava do lugar em que vivi muitas experiências, quase todas gravadas para sempre em mim, como se fossem tatuagens.

Cheguei ao pátio, acompanhado da diretora que me havia recebido no portão de entrada e os aplausos, assobios e gritos fizeram que eu me sentisse um jogador de futebol adentrando o gramado com seu time diante de sua torcida.

A minha pouca audição naquele momento não me atrapalhou e, na verdade, quando entrei não consegui olhar diretamente para aquela multidão de alunos.

Olhei para a direita, fundo do pátio, encontrei a porta que levava para o lugar que nós chamávamos de "cemitério", porque conduzia ao laboratório onde ficavam quatro esqueletos completos.

A porta grande ainda estava lá, só não sabia se os esqueletos ficaram esperando minha volta.

Olhei para a esquerda e vi o lugar preparado para a montagem da cidade em miniatura. Era necessário fazer uma plataforma para que a cidade pudesse ser construída

12

e, pelo que eu podia perceber, haviam feito tudo conforme eu havia sugerido.

Eu estava de volta após tantos anos para receber uma homenagem da escola e para deixar ali um presente meu, uma cidade em miniatura que teria, entre outras coisas, burros voadores.

6

Dizem que os cegos aprendem a escutar os menores ruídos. Eu acredito, pois, de minha parte, desde quando perdi parte da audição, fui aprendendo a olhar com mais cuidado. Fui aprendendo a procurar pelos detalhes. Fui aprendendo a ver o que poucos viam.

Assim, quando meu olhar começou a percorrer aquela multidão de alunos, eu pude perceber no canto a menina com treze ou catorze anos que era chamada de Dumbo. Estava só no meio de muitos. Andava sozinha mesmo que acompanhada. Ela ficava ao lado, mas não permanecia junto; estava dentro, mas continuava fora. Eu teria de atraí-la quando estivesse montando a cidadezinha.

Finalmente concentrei meu olhar e encarei a multidão que me aplaudia como se quisesse agradecer minha presença e o presente que estava trazendo.

Tirei meu chapéu para demonstrar meu contentamento e olhei mais uma vez para a porta do cemitério.

"Estava só no meio de muitos.
Andava sozinha mesmo que acompanhada."

Naquele segundo, eu, que pouco escutava, pude ouvir minhas lembranças pulando e, num piscar de olhos, pude enxergar naquele pátio as mesmas pessoas de um tempo que não volta mais, mas que, de verdade, nunca foram totalmente embora.

Comecei a lembrar, lembrar, lembrar, lembrar...

Fui voltando, voltando, voltando, voltando...

7

A escola não ficava longe da casa onde morei durante quase toda a infância.

Eu saía de casa, andava duas quadras, descia uma grande ladeira à esquerda. Lá embaixo virava à direita e seguia reto até chegar em frente ao grande portão da escola.

Todos os meninos e meninas da rua com mais de seis anos de idade estudavam naquela escola, mesmo porque não havia outra por perto. Desse modo, no começo da manhã a rua se enfeitava com o azul-marinho e branco dos uniformes e todos, sozinhos ou em pequenos grupos, desciam para estudar. Muitas vezes aquele bando de pardais ruidosos que nós éramos era acompanhado de professores que seguiam para o trabalho caminhando.

Quando começávamos a descer a ladeira sentíamos o cheiro das coisas que eram vendidas no armazém do seu Chico. Na entrada, grandes sacos de estopa mostravam arroz, feijão e batata. De vez em quando minha mãe colocava uma garrafa vazia na minha mão e me mandava comprar um litro de óleo.

Linguiças penduradas, maria-mole, paçoca, chapéu de palha... Naquele tempo nós pensávamos que no armazém do seu Chico se vendia de tudo.

8

No armazém também era possível comprar figurinhas. Sempre que possível e quando o dinheiro dava, tínhamos um álbum de figurinhas.

E foi num dia como outro qualquer, em que descíamos como sempre para a escola, que escutamos uma gritaria feliz dentro do armazém. Entramos correndo, éramos quinze ou vinte, e vimos o Buli pulando de felicidade.

Eu tinha, então, doze anos e ele catorze, eu acho. Naquele momento ele mostrava para todos a figurinha carimbada que estava no envelopinho que comprou:

– Sorte! Sorte! Sorte! Comprei um pacotinho, um só, e saiu pra mim a mais difícil!

Todos nós rodeamos Buli porque aquela figurinha era uma espécie de lenda. Os meninos sonhavam com ela, mas nunca ninguém a tinha visto. Tirar a figurinha carimbada significava ganhar mais vinte pacotinhos sem pagar nada, só como prêmio pelo carimbo.

A agitação foi tanta que a figurinha escapou da mão de Buli e caiu bem perto do meu pé.

"... por um segundo me senti congelado com o olhar de todo mundo voltado para mim..."

– Cadê? Cadê?

O ajudante do seu Chico, atrás do balcão, apontou para mim e gritou:

– Calma, tá ali do lado do "Orelhão de Burro".

Fiquei parado um instante. Eu, que já estava me abaixando para devolver a figurinha, por um segundo me senti congelado com o olhar de todo mundo voltado para mim e com a ordem que o Buli berrou:

– Pega logo, Orelhão!!!

Abaixei, peguei e devolvi.

Assim que entreguei, fui empurrado para trás como se tivesse culpa pelo que tinha acontecido. Levantei, saí e segui para a escola. Começava ali o momento mais difícil de minha história. Por que será que ele falou assim comigo?

9

Nunca havia pensado antes no tamanho das minhas orelhas. Nunca antes tinha feito nenhuma comparação entre o meu corpo e o corpo de qualquer outro menino. Do nada, minha orelha começou a pesar.

Resolvi esquecer e deixar para lá. Só não sabia que seria impossível.

O sinal tocou, as turmas começaram a procurar suas salas de aula. Muitos comentavam a sorte do Buli que com um pacotinho apenas tirou a figurinha carimbada.

As primeiras aulas seguiram e pouco antes do sinal para o recreio nossa professora contou que estava ajudando seu filho a completar o álbum de figurinhas. Disse que, se alguém quisesse olhar as repetidas que ela trazia na bolsa, no intervalo poderia chegar para conversar a respeito.

Foi quando lhe perguntaram:

— A senhora viu o que aconteceu com o Buli?

— Que Buli?

— O do último ano... Ele tirou a figurinha carimbada hoje cedo lá no armazém do seu Chico.

Ela sorriu dizendo:

— Que sorte, não? — e perguntou: — Vocês estavam lá?

Foi nesse momento que percebi que algo muito estranho estava acontecendo e eu quis desaparecer de vergonha.

Na nossa turma não costumávamos andar com as meninas, mas não porque houvesse briga entre nós. Isso acontecia simplesmente porque elas ficavam de um lado e nós de outro; elas brincavam de um jeito e nós de outro. Os mais velhos, das outras séries, se juntavam mais, nós não; apenas estávamos na mesma turma.

Quando percebi, todos estavam olhando para mim porque, quando a professora perguntou quem tinha visto a figurinha do Buli, rapidamente uma menina respondeu em voz alta:

— Dessa turma só o Orelhão estava lá; não é, Orelhão?

Senti os risos na pele, como quem leva uma surra. Fiquei tão vermelho que a professora no mesmo instante ficou muito brava:

— Que jeito é esse de falar com o colega?

19

A fala da professora deixou a turma em silêncio. Mas aquele silêncio parecia piorar a situação. Muitos olhavam para mim e o riso disfarçado de alguns me deixava sem entender o que estava acontecendo. Só queria voltar para casa.

10

— Mãe, minha orelha é muito grande?
— Ela é mais aberta, por quê?
— Parece a orelha de um burro?
— Que conversa é essa, menino?
— Nada... Só estou perguntando por perguntar.

11

A raiva é um bicho que cresce rápido e nem precisa comer muito para ficar mais forte. A raiva se agiganta e, de repente, não se sabe explicar por que não se gosta de algo ou de alguém. A raiva não precisa de razão, nem de explicação, nem de bom motivo. Quando se vê, não se gosta de alguém sem que se saiba exatamente quando e por que começou a não gostar. De repente, do nada, a gente tem a impressão de que todos querem mostrar que não gostam de você. Não dá para entender como começa; não dá para saber quando termina.

12

Todos os dias quando eu voltava da escola encontrava sempre a mesma situação. Os meninos da minha rua não voltavam direto para casa. Paravam ali na rua. Todas as mães sabiam que em frente de nossas casas tinha futebol, brincadeiras e coisas da molecada.

Entrávamos quando a noite começava a chegar.

Naquele dia eu voltava sozinho e de longe pude ver o grupo do Buli conversando. Talvez ainda estivessem falando da figurinha carimbada. Em poucos dias, o Buli ficou famoso na escola.

Eu ainda sentia a vergonha que havia passado na sala de aula. Passei pelos meninos e qual não foi minha surpresa quando escutei o Buli me chamando:

— Orelhão de Burro, vem cá!

Continuei andando. Ele berrou:

— Orelhão, eu estou mandando!!!

E após gritar jogou uma pedra nas minhas costas para que eu parasse.

Voltei e, antes que ele dissesse qualquer coisa, perguntei por que ele estava fazendo aquilo. Todos começaram a rir enquanto Buli pegou minha orelha direita para mostrar para todos o tamanho que tinha.

— Por que você tem raiva de mim? Eu não fiz nada! Por que vocês estão me chamando assim?

Ele gargalhou:

– Nossa, o Burro tá bravo! A gente tem que deixar esse Burro bem manso...

Puxou minha orelha com força enquanto os outros riam.

Acontecia comigo algo que eu odiava muito, muito mesmo. Toda vez que me sentia nervoso eu chorava. Escapavam dos meus olhos algumas lágrimas e eu não conseguia evitar. Eu detestava quando aquilo acontecia.

Naquele momento a última coisa que eu queria era chorar na frente do Buli e dos outros meninos, mas as lágrimas desceram e o que já estava ruim ficou ainda pior.

13

Quando alguém zomba de nós leva muito tempo até criarmos coragem para pedir ajuda. Parece que pedir socorro vai comprovar o quanto aquele outro que nos machuca tem razão.

Na nossa cabeça aparecem ideias sem sentido. A gente fica pensando que o outro vai ficar ainda mais bravo e que tudo vai piorar.

Aparece uma vontade de sumir; simplesmente sumir.

Não dá para entender como de repente surge algo tão forte contra a gente.

Em dez dias quase toda a escola me chamava de Orelhão ou simplesmente de Burro. Um ou outro dizia Orelhão de Burro.

A maioria me chamava de Orelhão sem raiva, apenas por chamar, apenas porque muitos chamavam.

Alguns me chamavam pelo nome, como sempre. Mas faziam isso somente quando a turma do Buli não estava por perto.

Quando essa turma se aproximava, muitos, subitamente, agiam como se também sentissem raiva e pareciam querer agradar àquele pessoal:

— Buli, já reparou que o Burro tá usando uma touca para esconder o orelhão?

E estava mesmo. Porém, só até aquele momento, porque a touca que passei a usar foi arrancada de minha cabeça, puseram um pouco de terra e ordenaram:

— Veste agora, Burro!

Corri o mais que pude em direção à sala de aula. Entrei ofegando e a professora me perguntou assustada:

— Que foi, menino?

Olhei para o Buli e seus amigos parados na porta da sala esperando minha resposta. Eles me falavam com os olhos e eu entendia perfeitamente.

— Não foi nada, professora; só quis entrar um pouco antes; me desculpe.

14

Sair de casa para ir à escola ou até o armazém quando minha mãe pedia se tornou uma luta diária. Quando passava pelo pessoal tudo podia acontecer.

E, dependendo do que acontecia antes da escola, o recreio entre as aulas ficava insuportável porque ali, pelos cantos do pátio, eu era prensado e estapeado todas as vezes em que o pessoal achava que eu não tinha obedecido corretamente a alguma ordem dada lá na rua. Quis muito parar de estudar.

Pouco antes das férias de fim de ano já estava acostumado com tudo aquilo. Alguns dias eram melhores, outros eram piores.

Eu sentia mais vergonha do que medo. Para falar a verdade eu não tinha tanto medo das pancadas que levava, mas da risada de todo mundo. Apenas uma ou outra vez eu fui machucado de verdade. Quando isso acontecia, o próprio pessoal diminuía o ritmo:

– Segura aí, Buli, saiu sangue do nariz dele.

15

Apesar de tudo eu passei de ano. Tive notas baixas como nunca antes e minha mãe ficou furiosa comigo.

Nunca sonhei tanto com a chegada das férias. Embora a rua continuasse a mesma, tinha a esperança de que tudo fosse acabar quando aquele pessoal não pudesse mais se exibir no pátio da escola para os outros à minha custa.

Soube que o Buli foi reprovado e, por isso, faria novamente o último ano.

"Para falar a verdade eu não tinha tanto medo das pancadas que levava, mas da risada de todo mundo."

No primeiro dia de férias minha mãe me contou que meu pai tinha perdido o emprego, mas que já havia conseguido outro. Porém, seu salário seria menor.

Por isso, fomos morar por uns tempos na casa de meus avós, que ficava do outro lado do bairro. Não era longe; apenas cinco minutos de minha casa. Gostei da ideia de não passar mais por minha rua para chegar à escola.

16

Alguns dias antes da mudança, minha mãe me pediu para comprar óleo. Assim que fechei a porta já vi ao longe a turma do Buli agrupada. Todos olhavam para o fim da rua. Parecia que algo diferente tinha acontecido.

Caminhei devagar pensando que naquele dia eu tinha algo diferente a contar: minha mudança.

Quando me aproximei ninguém deu atenção à minha chegada porque algo terrível tinha acontecido.

Um homem desconhecido havia bebido muito e, por isso, deitou-se e dormiu ao lado do poste da ladeira que descia para o armazém do seu Chico.

Um pouco acima estava parado o caminhão do Espanhol, que era batateiro. O caminhão não tinha sido brecado corretamente e o peso da carga fez que disparasse ladeira abaixo.

Quando o caminhão sem motorista bateu no poste, atropelou aquele homem que dormia bêbado.

Eu vi aquela cena horrível e voltei correndo para casa. Encontrei no caminho minha mãe, que escutou a confusão e saiu correndo atrás de mim para ver se eu estava seguro. Quando a vi eu a abracei. Ela me segurou, olhou para o local do acidente e chorou muito.

A polícia chegou e todos recuaram. Para minha surpresa, minha mãe falou para mim e para os meninos da rua:

– Não fiquem aqui, que não vai fazer bem olhar o que está acontecendo.

Olhou para mim e falou bem alto:

– Chame todo mundo para jogar bola lá no quintal de casa. A gente vai se mudar e não tem problema se bagunçar um pouco por lá, porque eu vou ter que arrumar tudo antes de entregar a casa.

Quando percebi, estava entrando com o Buli e os demais meninos na minha casa, ou melhor, na casa que deixaria de ser de minha família.

17

Eles foram para o quintal e eu fui para o meu quarto. Nem percebi quando saíram. Por isso, não percebi também o que levaram.

18

A casa de minha avó era um grande casarão. Meu pai, minha mãe, minhas irmãzinhas e eu ficamos numa sala antiga que foi adaptada para tornar-se um quarto. Não deu para colocar as camas. Nossos colchões foram colocados diretamente no chão.

Passei a morar com muita gente. Antes de nós chegarmos naquela casa já moravam dezesseis pessoas. Com nossa chegada ao casarão passaram a morar meus avós, meu tios que não eram casados, um tio e uma tia casados que também tiveram dificuldades com o trabalho e nós, os netos, que nos tornamos um grupo com pessoas de dois até dezoito anos de idade.

19

Fazia uma semana que estávamos lá e escutei minha avó falando com muita braveza à pessoa que tocou a campainha:

— Aqui não tem nenhum Orelhão, com quem o senhor quer falar?

Corri e vi o Simãozinho de cabeça baixa, com medo dela:

— Vó, é brincadeira, deixa que eu atendo...

Simãozinho era o menino que chegou à escola quase no fim do ano porque seu pai veio para a cidade quando o

28

governo decidiu construir por perto uma represa. O pai dele era o engenheiro responsável.

Simãozinho tinha pouca altura e parecia mais novo do que era, mas, na verdade, era mais velho do que eu, pois já tinha completado treze anos.

Nem bem tinha chegado à escola e o primeiro fato que viu foi o Buli me empurrar na escada. Enquanto todos riam ele foi me socorrer:

– Por que ele fez isso?

– Sei lá, não ligue não, obrigado.

Saí de perto, como de costume, sem falar nada. Ele me seguiu:

– Meu nome é Simão, e o seu?

Eu estava para responder quando se aproximou uma menina da série seguinte e falou comigo de forma bem diferente:

– Orelhão, sábado é meu aniversário. Se quiser ir, você está convidado – aquele "Orelhão" não machucou.

Minhas duas mãos estavam doendo porque, para não bater o rosto no chão quando fui empurrado, usei o que pude para evitar o choque. As duas mãos estavam vermelhas com as marcas do chão. Mesmo com a dor, fiquei surpreso e contente.

Para ela eu disse simplesmente: "Obrigado".

Para ele, Simãozinho, nem tive tempo de falar nada:

– Olhe, Orelhão, não deixe ninguém empurrar você assim. Fale com a professora; se quiser eu falo.

– Não. Simãozinho! Tudo isso é brincadeira. Deixe pra lá.

Ele estava me procurando apenas para conversar e, naqueles tempos, ter alguém para conversar fazia muita diferença.

29

20

A vida seguia e no casarão em que passei a morar sempre tinha muito o que fazer.

Minha avó era uma pessoa muito simples, mas sabia comandar a situação. Éramos muitos e não havia muito dinheiro, por isso o tempo todo escutávamos minha avó pedindo: "Vamos economizar".

Anos mais tarde eu percebi que minha avó era uma grande guardadora de palavras e que, por isso, toda a criançada do casarão cresceu usando um vocabulário que nem todo mundo conhecia.

Nunca soubemos onde e como ela aprendeu aquelas palavras que ninguém usava, porque ela quase não teve estudo.

Quando um adulto estava comendo algo e alguma criança o rodeava, de onde ela estivesse, perguntava com toda a seriedade:

— Você não tá vendo que o menino está aí "chaleirando" você? Dá um pedaço pra ele...

Quando um de nós repetia muitas vezes o mesmo assunto, ela lá do canto comentava:

— Por que esse menino "encasquetou" com isso?

No dia em que meu primo perguntou se podíamos comer bifes no almoço, ela respondeu:

— Aqui tem vinte pessoas, não dá para fazer vinte bifes, é muito caro.

Essa resposta veio acompanhada de uma novidade. Ela explicou que, sendo possível, os meninos começariam a fazer alguns trabalhos para ajudar nas despesas da casa. Os adultos estavam conversando a respeito.

– Eu também, vó? – perguntei surpreso.

– Daqui a pouco, assim que você crescer mais um tiquinho. Assim ninguém vai dizer que você é um trabalhador "mequetrefe", não é?

– Ele pode puxar carroça, vó! – falou minha prima.

Minha avó me abraçou e encostou meu rosto em sua barriga e com as duas mãos tapou minhas orelhas como se quisesse esconder o que causava a risada de todos.

Ela silenciou a todos com o olhar e disse:

– Aqui ninguém "zombeteia", só quem quiser conhecer a varinha de marmelo do vô!

A varinha de marmelo do meu avô ficava atrás da porta. Nunca ninguém tinha visto a varinha sendo usada. Mas sempre que alguém bagunçava (o que minha avó chamava de "estripulia") um adulto puxava a porta e apontava para a varinha: parada, em pé como se fosse uma pessoa, aguardando ser chamada.

Encostado na barriga da minha avó, fiquei pensando no que tinha acabado de saber: nós, meninos, iríamos trabalhar.

21

Naquela noite meus tios se juntaram no jardim da casa para tocar violão e cantar.

Juntava gente para escutar e com esse costume a criançada do casarão cresceu sabendo músicas antigas.

A cantoria seguia quando vi o Buli e sua turma na porta. Não sabia o que era, mas achei que estavam estranhos, diferentes.

Fui correndo até o portão e o Buli entregou para mim uma bola que estava toda rabiscada.

Quando olhei com mais atenção vi que aquela bola era minha. Ela foi levada quando eles foram jogar no quintal de minha ex-casa e eu nem tinha notado.

Buli baixou a cabeça e falou mais baixo do que de costume:

— Minha mãe mandou eu devolver e pedir desculpas.

Eu simplesmente respondi:

— Tá bom.

Peguei a bola e, parado no portão, vi aquela turma ir embora rapidamente. Quando me virei, percebi minha mãe e minhas primas me olhando. O que minha mãe me disse acabou comigo:

— Seu sangue de barata!!! Eles roubam você e nada? Você não diz nada?

Entrou no jardim um silêncio tão grande que quase dava para pegar. Minhas primas me olharam. Nem elas, nem eu sabíamos exatamente o que queria dizer "sangue de barata", mas dava para entender...

Naquele momento percebi o que havia de mais complicado naquela história que eu estava vivendo: eu achava que não podia contar para ninguém o que me acontecia, porque me achariam um fraco.

Por isso, eu também ficava apavorado pensando que o Simãozinho poderia contar para a professora. Fiquei pensando que a professora falaria bem alto para toda a classe ouvir: "Seu sangue de barata".

22

Alguns dias depois voltei para minha antiga casa para buscar um vaso que minha mãe havia esquecido.

Estava saindo quando Buli se aproximou e disse para eu ficar no canto do jardim até ele me mandar sair. Eu estava só e senti mais uma vez que só me restava obedecer.

Sentei-me no chão. Enquanto eu obedecia e esperava, percebi que sabia fazer algo diferente.

Fiquei lá uns trinta minutos. De longe ele me olhava e fazia sinais imitando um burro.

Perto da torneira achei um pedaço de sabão e uma faquinha que minha mãe usava para plantar as flores dos canteiros. Lembrei-me de minha avó que falava "cavoucar" a terra.

Com a faquinha de "cavoucar" comecei a raspar a barrinha de sabão. Fui tirando e raspando, tirando e raspando e percebi que estava fazendo um pequeno boneco. Percebi que estava conseguindo fazer que aquele homenzinho de sabão usasse chapéu.

"Vou mostrar pro Simãozinho", pensei e saí correndo.

Buli correu atrás de mim, mas não me alcançou. De longe gritou:

— Você já sabe o que vai acontecer... Seu Orelha de Burro...

33

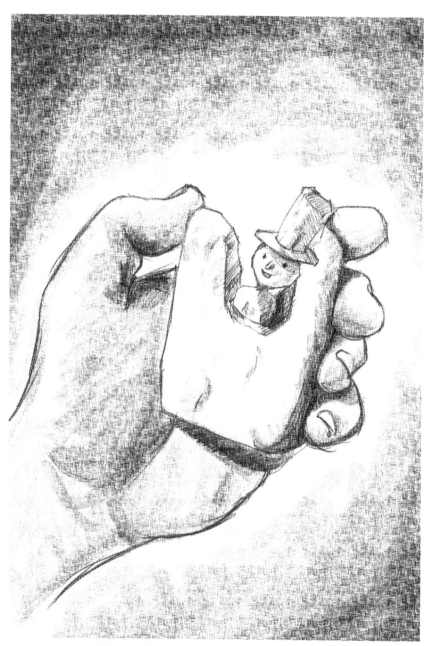

"Com a faquinha de 'cavoucar' comecei a raspar a barrinha de sabão."

23

Para chegar até a casa do Simãozinho, cortei caminho por um lugar que gostava muito. Nossa cidade tinha um bosque muito bonito, resolvi passar por ele.

Havia muitas árvores e muitos pássaros que o tempo todo voavam de uma para outra. Havia também pequenos lagos onde patos e gansos faziam barulho.

De vez em quando os gansos corriam atrás de algumas pessoas. No alto das árvores, de vez em quando, dava para ver um bicho-preguiça movendo-se vagarosamente. Às vezes ele sumia da vista.

Passar pelo bosque dava uma sensação diferente. Parecia que estávamos noutro tempo, noutro lugar. Parecia que não havia risco de aparecer por lá pessoas como o Buli. Parecia que entrávamos noutro tempo, noutro ritmo... o ritmo do bicho-preguiça.

Lá, boas surpresas aconteciam.

Eu sumia de vez em quando e ficava por lá tentando a sorte de enxergar o bicho-preguiça lá no alto, na copa da árvore que era muito, muito alta.

Foi assim que escutei pela segunda vez ela me chamar com suavidade:

— Orelhão... É você?

Eu não tinha ido ao seu aniversário e, muito nervoso, comecei a pensar em uma desculpa...

— Você não foi ao meu aniversário; algum problema?

— Desculpe, eu não tinha...

35

– Você não vai dizer que deixou de ir ao meu aniversário porque não tinha presente, vai?

Eu não fui por dois motivos. Primeiro, pensei que poderia encontrar o Buli por lá; segundo, mesmo que ele não estivesse, tive medo de que ela me apresentasse como "Orelhão". Eu detestava ser chamado assim e, ao mesmo tempo, não me incomodava quando ela assim me chamava. Acabei encontrando a desculpa que precisava:

– É isso mesmo, eu não tinha presente para dar e por isso...

– Puxa vida, você acha mesmo que eu me preocupo com isso?

– Não, mas...

Nossa diferença de idade era pequena. Ela era mais ou menos um ano mais velha. Eu gostava de sua voz e do jeito que falava comigo.

– Você tem razão, desculpe...

– Tudo bem, eu só...

Não sei de onde apareceu coragem para eu pedir:

– Você pode me chamar pelo nome?

Ela me abraçou e eu achei que meu coração fosse sair pela boca. Explicou que tinha me ouvido muitas vezes explicar que "não ligava" para o apelido e que simplesmente tinha acreditado que eu não me importava mesmo:

– Eu não quis deixar você triste!

(Pensei que minha avó diria: "Eu não quis aborrecer"...)

– Você não me deixou triste. Eu nem ligo mesmo pro apelido, sei lá... É que gostaria de ser chamado pelo nome, só isso.

Ela brincou:

– Sim, senhor!

"Ela me abraçou e eu achei que meu coração fosse sair pela boca."

Eu sempre guardei como um tesouro na memória tudo o que me aconteceu naquele bosque.

Assim que ela foi embora, olhei para o alto e vi o bicho--preguiça. Eu não podia imaginar naquele momento que o bosque se tornaria parte do meu trabalho.

24

Voltei para casa sem ter mostrado para o Simãozinho o que havia conseguido fazer com a pedra de sabão. Resolvi também não mostrar para ninguém.

Minha mãe e meu pai me esperavam para falar comigo.

– Filho, você tem mais um tempo de férias pela frente. Quando começar o estudo novamente você estará um pouquinho mais velho e nós pensamos que...

– O que vai acontecer?

– Calma! Cada um está fazendo sua parte e nós arrumamos um trabalho para você que não vai atrapalhar seu estudo.

– Um trabalho, que trabalho?

– Um pouquinho por dia você vai ajudar o seu Zero a...

– Zero!!! Quem é o seu Zero? Tem alguém que se chama Zero?

– Eta, menino! Fique quieto e deixa a gente falar. Zero é o seu Zeferino que está bem velhinho e a filha dele está fazendo um tratamento de saúde e não tem com quem deixá-lo. É só isso, ficar um pouco todo dia com o seu Zero. Não vai tirar pedaço, vai?

"Assim que ela foi embora, olhei para o alto e vi o bicho-preguiça."

Fui para o quintal com uma porção de ideias girando na cabeça. Trabalhar fazia que eu me sentisse como meus primos mais velhos. Por outro lado, eu logo percebi que esse trabalho poderia trazer mais gozações contra mim.

Pensei: "Zero! Eu vou cuidar de um homem que se chama Zero!"

Quando no dia seguinte contei para o Simãozinho, ele deu uma gargalhada:

— Está perfeito: Orelhão e Zero!

Fiquei uns dias sem falar com ele.

25

Quando as aulas recomeçaram o que já estava ruim ficou ainda pior.

Comecei a receber bilhetes com ameaças. Escreviam que se eu não lhes obedecesse abaixariam minha calça no meio do pátio.

Parei de levar o pão com manteiga que minha avó fazia para mim. Parei porque muitas vezes tive de dar o meu pão para o Buli ou para algum de seus amigos. Outras vezes simplesmente tiravam o pão de minha mão e jogavam no chão.

No dia em que o Buli me perguntou:

— Cadê o pãozinho, Orelhão?

E eu respondi que não traria mais, ele me puxou para o meio do pátio e começou a falar sem parar:

— Quer que eu tire sua calça? Quer que eu tire sua calça?

Em pouco tempo se fez uma roda com todos gritando:
— Tira! Tira! Tira!

Simãozinho chamou seu Lúcio, que tomava conta da entrada e que deu uma bronca enorme em todo mundo (minha avó diria uma "carraspana").

Buli foi para a diretoria.

Eu fazia o possível para não chorar, mas era muito difícil porque eu chorava de nervoso. Quando uma lágrima escorreu, o melhor amigo do Buli falou bem baixinho para mim:
— Se prepare para morrer.

Acabou o recreio e voltei para minha sala. Estávamos quietos lendo o que a professora pediu quando a porta foi aberta. Apontaram para mim e eu fui chamado para ir até a diretoria.

No caminho olhei assustado para os rostos dos quadros que estavam pendurados na parede. Parecia que estavam me seguindo. Abaixei a cabeça e segui.

Quando entrei na sala da diretora, vi o Buli sentado à frente de sua mesa.

— A senhora chamou? — eu perguntei sem olhar para o Buli.

Ela me olhou e sem demora perguntou:

— Teve confusão no pátio, não é? Seu colega está afirmando que brigou porque todo dia você xinga a mãe dele e hoje ele perdeu a paciência. Quero escutar o que você tem a dizer, quero saber o seu lado...

O olhar do Buli procurou o meu. Eu escutava sua voz, mesmo quando ele não dizia qualquer palavra. Eu sabia que apanharia na rua. Eu sabia que ele seria capaz de abaixar minha calça no pátio.

Comecei a sentir um grande desespero, pois sabia que estava para chorar e eu detestava não conseguir controlar o choro:

— A senhora me desculpe, eu não vou fazer mais.

41

"Quando entrei na sala da diretora,
vi o Buli sentado à frente de sua mesa."

– E por que você fica xingando a mãe dos outros, menino?
– Eu não vou fazer mais.
– Eu vou falar com sua mãe.
– Por favor, não precisa, eu não vou fazer mais.
Naquela noite eu pedi chorando para minha mãe:
– Eu posso mudar de escola?

26

Comecei a inventar uma dor no joelho que não passava. Fiquei dois dias sem ir à escola.

Voltei e descobri que a cada dia eu tinha uma ordem nova para obedecer.

Comecei a obedecer rapidamente para acabar rapidamente. Não falava mais nada. Escutava e obedecia.

Reclamei de dor em casa. Fui ao posto de saúde. Tirei radiografia do joelho. Consegui com isso faltar alguns dias.

Como diria minha avó, eu "perdi o fio da meada" e não conseguia mais entender algumas explicações.

Em pouco tempo já se falava: parece que o Orelhão tem um problema no joelho...

Fui dispensado da aula de Educação Física.

Comecei a mancar e às vezes me deixavam sair durante a aula para ficar sozinho no pátio esperando a dor melhorar um pouco...

Fui numa dessas vezes que vi uma pedra de sabão azul ao lado do bebedouro. Eu a guardei comigo e, em casa, com uma faquinha, comecei a esculpir. Não sabia exatamente o que iria fazer, mas aos poucos percebi que estava esculpindo uma menina, que na minha imaginação era ela, a única que conseguia dizer "Orelhão" de um jeito diferente. Eu não sabia como, mas parecia para mim não ser tão difícil fazer miniaturas.

27

Simãozinho tornou-se um amigão. Eu sabia que ele tinha muita vontade de contar tudo o que acontecia comigo e só não falava porque havia prometido para mim.

Muitas vezes eu pensava em ceder e pedir para ele falar com a professora, com a diretora, com minha mãe, com todo mundo.

Mas então eu me lembrava da minha turma no casarão. Quem perdia uma briga, quem voltava com um olho roxo, sempre aguentava gozação por muito tempo.

Minha avó, com suas palavras diferentes, vivia pedindo:
– Não "caçoe".

Mesmo tendo prometido para mim, acho que Simãozinho contou alguma coisa para os seus pais. Pensei isso porque fui convidado a ir com sua família até o lugar onde a represa seria construída e meus pais deixaram dizendo que aquilo faria bem para mim.

Não entendi direito, mas assim fomos nós num sábado pela manhã; pai e mãe de Simãozinho no banco da frente do carro e nós dois no banco de trás.

Passamos sobre um rio enorme, gigantesco. Cruzamos uma ponte alta. Percebi que não gostava muito de altura. Eu sempre soube que aquele rio estava bem próximo da minha cidade, mas nunca antes tinha estado no lugar. Meus pais não tinham carro.

O pai de Simãozinho começou a explicar:

— A água desse lugar vai ser desviada para um lugar onde vai se encontrar com mais água que tem do outro lado da montanha. Vamos fazer uma barragem e ficará represada água suficiente para atender mais de vinte cidades.

Quando o carro deu a volta na montanha que ele tinha apontado, olhamos para baixo e vimos várias casas bem simples, algumas com a parede de barro aparecendo.

— E essas casas, pai? — perguntou Simãozinho.

— Essas casas, essas árvores, tudo o que vocês estão vendo vai ficar embaixo d'água.

— E as pessoas?

— Já foi arrumado tudo. Elas receberão um dinheiro e vão morar noutro lugar.

— Mas...

Eu fiquei pensando no homem que eu enxergava de longe. Estava escovando um boi preto e branco e passando alguma coisa numa de suas orelhas. Achei o animal tão bonito...

— E os bichos, pai? Vão morrer afogados?

— Tudo, tudo, será retirado.

Sua mãe entrou na conversa e disse algo que eu nunca mais esqueci:

– A água vai fazer tudo desaparecer, menos o que está na cabeça de cada uma dessas pessoas.

– Por quê, mãe?

– Porque na nossa cabeça tem um mundo que é só nosso e que ninguém tira. Nossas memórias não se apagam. Entramos numa estradinha de terra e um senhor veio em direção ao carro.

O pai de Simãozinho foi diminuindo a velocidade do carro até parar. Parou, baixou o vidro da janela e apertou a mão dele:

– Boa tarde, doutor, tá tudo como o senhor pediu.

Ele agradeceu, fechou o vidro novamente e acelerou o carro.

Sua mãe lhe perguntou:

– Esse é pai do amigo de vocês, não é?

– De qual amigo?

– Do filho da dona Graça.

Nós dois falamos ao mesmo tempo:

– O pai do Buli?

Eu me lembrei de que uma vez minha mãe havia explicado que o pai dele trabalhava para uma companhia que fazia construções e que, por isso, ele estava sempre fora, trabalhando nas construções. O pai do Simãozinho explicou melhor:

– Ele faz um serviço muito arriscado. Quando aparece uma pedra grande nas construções, o engenheiro faz a marcação dos lugares onde se deve colocar o material para explodir a rocha.

Nós arregalamos nossos olhos.

46

– Pois saibam que esse senhor carrega o explosivo e deixa exatamente onde o engenheiro precisa.

28

Quando fui conhecer seu Zero minha orelha direita estava muito machucada. Os meninos puxaram, puxaram, puxaram... (Burro! Orelhão de Burro! Burro! Orelhão de Burro...)

Para minha mãe eu falei que caí na quadra e esfolei no chão. Para a professora, eu falei que meu joelho doeu e eu caí.

A filha do seu Zero me deu um abraço e agradeceu muito:

– É só acompanhar ele. Ele gosta de andar um pouco pra tomar sol. Anda bem devagarzinho, mas ainda caminha muito bem. O problema é que ele está perdendo a memória. Muitas vezes ele desliga e passa dois ou três dias sem falar. Tem a pracinha aqui na frente ou o bosque na quadra de baixo que são lugares em que ele gosta de passar, ver, sentar um pouco. Você escolhe. Só não deixe ele ficar muito cansado.

Ele me olhava como se não me enxergasse. Parecia que procurava com os olhos algum ponto distante. Usava um boné de lã, bengala e estava bem agasalhado, apesar do calor que fazia.

– Oi, seu Zero...

Ele permaneceu em silêncio.

Sua filha me disse que se eu o pegasse pela mão ele entenderia que era para sair.

29

Ofereci a mão para ele e saímos caminhando bem devagar. Eu o levei ao bosque.

Lá sentamos perto do local onde o bicho-preguiça aparecia e ficamos quietos, olhando para frente.

Num banquinho próximo ao nosso um senhor lia o jornal. Quando ele se levantou, vi que alguma coisa havia ficado no banco. Deixei um pouco seu Zero e corri atrás dele para avisar:

– O senhor esqueceu alguma coisa lá no banco.

Voltamos juntos e ele percebeu que havia derrubado um pequeno canivete. Ele riu, prestou atenção na minha orelha avermelhada e disse:

– Obrigado, filho. Pode ficar pra você. Mas tome cuidado que é um canivete.

Voltei para o banco onde seu Zero estava como se fosse uma estátua:

– Olhe só, seu Zero, ganhei um canivete.

Ele nem se mexeu. Eu me sentei ao seu lado, peguei um pedaço de galho caído e comecei a raspar. Não era como eu fazia na barra de sabão. Dava muito mais trabalho, mas eu senti uma enorme vontade de esculpir. Tinha vontade de olhar para as coisas e fazê-las do meu jeito, num tamanho menor.

Fui raspando, raspando e aos poucos comecei a perceber que estava conseguindo fazer algo que poderia se

"— O senhor esqueceu alguma coisa lá no banco."

tornar aquele boizinho preto e branco que eu tinha visto perto do lugar da represa.

Mostrei para o seu Zero:

– O que o senhor acha?

30

Ela estava no portão de casa quando voltei do trabalho. Meu coração pulou.

– Eu quero contar duas coisas pra você – ela me disse.

Fiquei como seu Zero, olhando sem falar.

– Eu vou me mudar com minha família.

Apertei o pedaço de galho que estava no meu bolso e que estava se transformando em miniatura de boi.

– E eu espero que você me desculpe, mas eu contei pra sua mãe o que os meninos fizeram com você esses dias. Não deixe isso acontecer mais.

Eu não sabia se ria ou se chorava.

Ela me deu um beijo no rosto, me abraçou e foi embora.

Enquanto ela se distanciava fiquei olhando. Era como se eu quisesse contar pegadas para seguir atrás quando pudesse.

Eu me sentei na calçada e chorei sem conseguir me controlar. Naquele momento um pensamento inesperado invadiu minha cabeça: pensei em fazer que a miniatura do boi tivesse asas. Não conseguia entender por que estava pensando aquilo, talvez porque estivesse confuso; talvez porque precisasse que tudo fosse pelo menos um pouco diferente do que era.

Minha mãe saiu, sentou-se ao meu lado e disse:

— Eu já soube o que fizeram pra você. Você precisa aprender a se defender, menino! Devia ter me contado antes que eu mandaria um dos seus primos lá e... Que é isso? Não precisa chorar. Não se preocupe, no meio do ano nós vamos mudar e você vai para outra escola. Quer que eu fale com a sua professora? Acho melhor seus primos acompanharem você na escola.

— Não precisa, mãe! Tá tudo bem.

— Será que está mesmo?

31

Eu consegui acabar o boi de madeira em uma semana, a tempo de levar para ela antes que se mudasse. Ele saiu com asas e usando um chapéu.

Ela me agradeceu e perguntou algo que eu não esperava:

— É lindo! Lindo mesmo, obrigada. Por que você não faz mais disso? É tão bonito.

— Vou começar a fazer bichos andando de bicicleta... — brinquei.

Ela me abraçou bem forte e ficamos em silêncio um tempo grande:

— Vou levar comigo e nunca vou me esquecer de você.

"– É lindo! Lindo mesmo, obrigada.
Por que você não faz mais disso? É tão bonito."

32

Se nós íamos nos mudar, se eu ia sair da escola, então faltavam, pelas minhas contas, oito meses para tudo aquilo terminar.

33

Eu ficava sentado ao seu lado esculpindo. De vez em quando eu perguntava:

— Tudo bem, seu Zero?

Em poucos dias eu me acostumei com aquele jeito silencioso dele. Às vezes eu falava muito. Aliás, eu falava mais com seu Zero do que com qualquer outra pessoa.

Eu falava e esculpia. Falava e raspava com o canivetinho os tocos de galho que eu recolhia.

E foi escolhendo um pedacinho de árvore que eu ouvi com surpresa:

— Pegue um galho caído daquela árvore... Você vai raspar com mais facilidade.

Seu Zero falou!!!

Fui até a árvore que ele apontou e percebi que o galho era diferente mesmo. Parecia mais suave.

Percebi que seu Zero prestava atenção em tudo enquanto olhava para a montanha que dava para ver do lugar em que a gente se sentava no bosque.

– Olhe lá pra cima.

– Onde?

– Preste atenção lá naquele canto.

– O que tem lá?

– Quieto! Só preste atenção.

Olhei, olhei e percebi que o bicho-preguiça estava lá.

– Aprendeu a achar? Aprendeu a olhar?

– Acho que sim, seu Zero, acho que sim.

– O segredo está na forma de olhar.

– Como assim, seu Zero?

34

O "cemitério" era o lugar da escola de que todos mais gostavam. Passando pela porta enorme de madeira, havia um corredor que levava até o laboratório.

No caminho, os armários de vidro mostravam aranhas, cobras e outros bichos que não estavam mais vivos, mas pareciam estar.

Havia também uma porção de quadros com fotografias de cientistas famosos.

Mas, com certeza, todos queriam ver os esqueletos.

Perguntávamos sempre as mesmas coisas:

– Professora, alguém sabe de quem é esse esqueleto?

– Não é um esqueleto de verdade. Ele só está montado para vocês estudarem, nem é de osso verdadeiro...

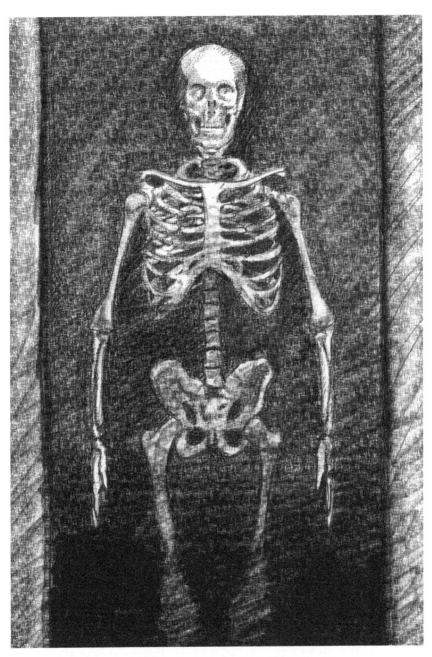

"Mas, com certeza, todos queriam ver os esqueletos."

Parecia tão real.

Cada dia que passava eu pensava comigo: "Um dia a menos".

Mesmo quando não acontecia nada com a turma do Buli eu pensava: "Menos um dia para sair daqui".

Nós íamos ao laboratório toda sexta-feira.

Ir ao "cemitério" era divertido, mas naquele dia não foi.

Quando entramos no laboratório, um dos esqueletos estava com duas orelhas de burro de cartolina coladas no crânio:

"Olha como o Orelhão vai ficar depois que morrer..."

O que me parecia mais terrível naquele tempo era a sensação de ficar esperando um ataque. Eu tinha certeza de que, a qualquer momento, eu seria atacado por alguém. Eu sabia também que algumas pessoas gostavam de aprontar comigo para depois contar ao Buli o que tinham feito.

Só faltava algo para piorar tudo aquilo. Então, não faltou mais.

35

No mesmo dia em que o esqueleto foi transformado num orelhão, Simãozinho me contou a novidade:

— Você acredita que eu nem bem cheguei e já vou mudar?

— Você vai mudar? Mas seu pai não vai trabalhar na represa?

Ele me contou que um tio, irmão de sua mãe, morava na Alemanha e havia feito um convite para seus pais trabalharem com ele e eles aceitaram. Simãozinho e sua mãe iriam rapidamente e o pai dele viajaria alguns meses depois, por causa do trabalho na represa que ele não poderia deixar de uma hora para outra.

Ela já tinha ido, meu único amigo iria também.

Prometi a mim mesmo que faria uma miniatura especial para ele.

36

O pessoal de casa não levava muito a sério problemas como aqueles que eu tinha com o Buli. Muitas vezes, eu escutava dos meus primos e até dos adultos da casa que, se um menino apanhava na rua, deveria apanhar de novo em casa para aprender a não ser bobo.

Eu fiquei com uma sensação esquisita dentro de mim. Se mudar de escola era uma forma de eu me livrar daquilo tudo, por outro lado, parecia que o pessoal de casa me falava sem palavras: "É preciso tirar esse menino de lá porque ele é muito fraco para aguentar essas coisas de moleque".

Eu tinha a impressão de que algumas pessoas me achavam culpado por tudo o que o Buli fazia. Aliás, quantas pessoas não me falaram:

– Eles só aprontam porque você deixa.

Mas não era assim tão simples. Quando era para falar, a voz não saía. Quando a raiva subia, o choro explodia sem que eu conseguisse controlar, e a risada de todo mundo era o que mais me incomodava.

O que me aliviava era esculpir. Não sei de onde isso apareceu, mas eu sabia fazer. Quanto mais eu raspava a madeira, mais aparecia a forma de uma pessoa, de um animal, de um objeto qualquer.

E foi numa das vezes em que eu estava esculpindo que seu Zero me surpreendeu novamente.

37

Eu estava fazendo uma âncora de madeira para presentear o Simãozinho.

Seu Zero abaixou um pouco a gola da minha camisa e perguntou:

– De novo?

– De novo o quê, seu Zero?

– Aprontaram de novo com você? Seu pescoço está vermelho.

Fiquei mais uma vez surpreso com o quanto ele percebia, mesmo quase não falando.

Quando seu Zero falava, eu ficava em dúvida se ele estava imaginando ou se estava se lembrando de algo. Lembro-me de uma vez em que ele, de repente, pediu:

– Escute! O trem está chegando.

– Que trem, seu Zero?

– Escute, só escute.

– Que trem, seu Zero?

– Rapaz, aprenda a escutar... O que você está esperando?

– Ahn!

Ele parou de falar novamente. Ficava assim dias e dias. Então, de repente, falava coisas que me deixavam sem palavras:

– Machucaram seu pescoço?

– Machucaram não, seu Zero, machucou. Foi uma pessoa, a mesma pessoa de sempre que me puxou pelo pescoço porque eu não obedeci a uma ordem dele.

– Não foi só ele...

– Foi sim ele...

– Todos que estavam lá machucaram seu pescoço também. Aliás, duvido que ele mexa com você sem uma plateia.

Não respondi, apenas me lembrei da minha avó.

A palavra plateia parecia uma daquelas que ela colecionava. Concordei em silêncio. Reconheci para mim mesmo que eu sempre tinha mais medo de todos ao redor gritando do que do Buli. Eu tinha mais medo da vergonha do que da dor.

38

Entreguei a âncora de madeira para o Simãozinho. Ele me deu um presente. Fiquei surpreso.

– O que é isso?

– Abra!!!

Era um livro: *A vida de Albert Einstein.*

– Espero que você goste.

Eu estava tão triste. Ela já tinha saído do alcance de meus olhos e agora meu amigo se despedia.

Sua mãe entrou na sala, olhou para o Simãozinho como quem perguntava algo. Ela dirigiu seus olhos para o quintal da casa dele. Fomos para lá.

– Minha mãe sabe fazer cerâmica. Ela fez essa moeda de argila para nós dois.

– Como assim? Uma moeda?

Ela se aproximou, pegou a moeda de argila, apertou em sua mão e pediu que nós dois apertássemos a mão dela.

Depois, deu a moeda para ele, que me pediu:

– Segure numa ponta, que eu vou segurar na outra. Vamos forçar até quebrar.

– Por quê?

– Só faça o que estou pedindo.

Forçamos e a argila se partiu. Ficamos cada um com metade do círculo. Simãozinho pegou minha metade e disse:

– Toda vez que a gente se encontrar nós vamos juntar essas metades e refazer o círculo, tá?

Ao juntá-las, parecia que nem tinham sido quebradas. Formavam novamente um círculo, só que com uma rachadura no meio.

Sua mãe abraçou nós dois e disse que aquilo simbolizava uma amizade que nunca terminaria. Coloquei minha metade no bolso e nunca mais me separei dela.

39

Consegui um companheiro para ficar comigo no pátio da escola: Albert Einstein.

Eu nunca tinha escutado nada a seu respeito, mas lendo sobre sua vida comecei a achar fascinante a história de um grande cientista que tinha tido dificuldades na escola antes de se tornar famoso.

Li rapidamente o livro e, assim que terminei, comecei a ler de novo. Ler aquela história por alguma razão me deixava mais calmo.

De vez em quando eu lia para o seu Zero, mesmo que eu sempre ficasse em dúvida se ele estava ou não prestando atenção.

40

Foi num dos dias em que eu estava lendo para o seu Zero que eu percebi alguém se aproximando do banco em que a gente estava. Olhei para trás e vi sua filha chegando:

— Eu vim buscar o papai porque é dia dele ir ao médico. Você já pode voltar pra sua casa, tá? Até amanhã.

Fiquei observando o seu Zero se afastando. Eu tinha a impressão de que ele tinha algo a me contar. De repente, ele parou e olhou para mim. Seu Zero sabia sorrir com os olhos.

Fechei o livro e comecei a procurar algum pedaço de galho para esculpir. Decidi voltar ao casarão por outro caminho. Se isso não tivesse acontecido, eu não teria visto o que vi.

41

Passou por mim um senhor e eu tive a sensação de que já o conhecia. Ele seguiu andando rapidamente e meus olhos o acompanharam, até ele entrar num lugar onde se jogava sinuca. Na verdade, eu nunca tinha entrado lá porque meus pais não deixavam.

Quando passei em frente, reconheci aquele senhor. Era o pai do Buli, aquele que eu havia visto na represa.

Ele estava de folga em sua casa. Contaram que o filho estava jogando e ele saiu de casa furioso para buscá-lo naquele bar. Contaram que o Buli estava lá jogando de forma diferente: estava apostando dinheiro.

Fiquei olhando de longe. Ele deu uma grande surra no Buli, na frente de todo mundo. Foi uma surra tão forte, tão forte, com uma cinta na mão, que as pessoas saíram do bar para fazê-lo parar.

Eu vi aquilo que achei que nunca pudesse ver: o Buli estava chorando.

O homem não só bateu como xingou com nomes bem feios. Quando viu que todos estavam na rua pedindo para que parasse, foi-se embora puxando seu filho pelo cabelo.

42

Naquela noite não consegui dormir. Fiquei lembrando do Buli abaixado apanhando, apanhando, apanhando.

Meu pensamento estava dividido. Eu senti muita pena dele e, ao mesmo tempo, eu pensava em contar para todo mundo que ele tinha apanhado até chorar.

Fiquei muito confuso.

Lembrei-me de uma vez que minha avó falou dele:

— Tome cuidado, viu? Eu já vi esse menino se gabando que na sua casa ele consegue pegar armas do seu pai, produtos do trabalho dele, coisas que são muito perigosas...

Meu primo entrou na conversa:

— Isso, vó! Ensine ele a ter mais medo! É tudo o que ele precisa...

Minha avó respondeu com um olhar tão bravo que ele imediatamente pediu desculpas. Eu me afastei pensando apenas na sua forma de falar... "se gabando"...

Fiquei pensando também que talvez alguns voltassem a me chamar de sangue de barata, porque eu não conseguia deixar de ter pena do Buli. Ele apanhou para valer...

63

43

Buli não foi à escola por alguns dias.

Eu só tinha o seu Zero para contar essas coisas e foi com ele que eu reparti o que estava sentindo.

Contei da surra para ele que, como sempre, permaneceu em silêncio.

Mas, quando acabei de falar, ele me surpreendeu e disse, olhando para o alto, para a árvore do bicho-preguiça:

— O Einstein já veio aqui.

— O quê, seu Zero?

— Esse do livro que você está lendo. Já veio aqui na nossa cidade. Ele explicou que burros podem voar e...

— Seu Zero, o senhor nem está escutando o que eu estou falando e vem com essa conversa doida de burros voadores do Einstein?

Ele voltou ao silêncio.

44

— Mãe, será verdade que o Einstein esteve aqui na nossa cidade?

— Quem?

— O Einstein.

— Quem, menino?

– O Einstein, mãe, aquele físico que...

– De onde você tirou isso?

– O seu Zero disse que...

– Ah! O seu Zero! E você ainda não percebeu que seu Zero não está bom da cabeça?

Pensei comigo: "Burros não voam..."

45

Buli voltou para a escola. Estava mais quieto e não veio ao meu encontro. Pelo menos não no primeiro dia em que estava de volta.

Eu olhava de longe e evitava passar por perto, mas confesso que me lembrava dele apanhando, chorando.

Essa distância durou até a sexta-feira seguinte.

Estávamos caminhando em fila para o "cemitério", para participar de uma aula de Ciências.

Passamos a porta e estávamos no corredor caminhando um pouco espremidos porque a passagem era estreita.

O professor que tomava conta do laboratório nos deixou lá e voltou para pegar a chave que havia esquecido.

De repente, Buli e dois amigos entraram.

Chegaram perto de mim:

– Para, Buli, por favor.

– Você desobedeceu, seu Orelha de Burro!

– Desobedeci o quê?

65

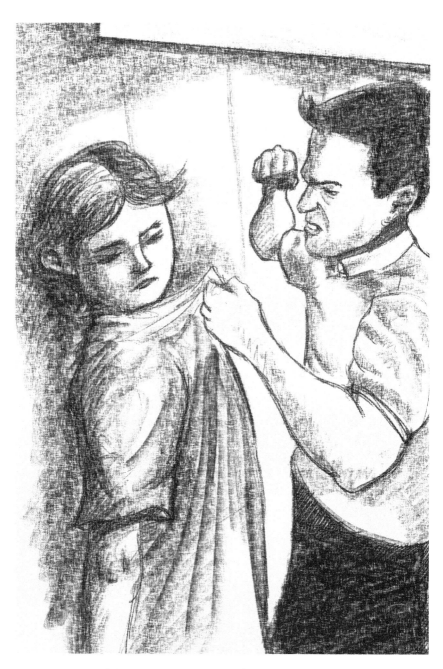

"Você desobedeceu, seu Orelha de Burro!"

Quando percebi tinha levado um tapa tão forte no rosto que caí no chão.

Tudo se passou num segundo. Eu estava no chão, zonzo e perdido, ele puxou minha calça e minha cueca para baixo e chutou meu traseiro.

Tentei ser rápido e puxar a roupa para cima mesmo caído, mas, enquanto eu fazia isso, tudo começou a girar e eu apenas ouvia a risada de todo mundo.

O professor veio correndo ao meu encontro e eu não me lembro de nada do que ele me falou, mas me recordo perfeitamente que comecei a chorar e a falar bem alto:

– O Buli é valente aqui, mas quando apanha do pai na rua chora como se fosse nenê! Chora como se fosse nenê... chora como se fosse...

Acordei em casa.

46

Do lugar em que estava deitado conseguia escutar meus pais e meus tios conversando. Aos poucos eu começava a entender o que falavam:

– Criança é assim mesmo, daqui a pouco tudo passa; não vale a pena deixar o problema maior do que é.

– Mas ele desmaiou de vergonha! – disse minha mãe.

– É melhor mudar logo de escola, mas se ele for mudar cada vez que um valentão mexer com ele... – disse meu tio.

Eu tive, naquele momento, a pior sensação da minha vida. Eu me senti tão sozinho, mas tão sozinho, que eu pensei em nunca mais sair daquela cama.

O Buli foi suspenso uma semana. Soube depois que seu pai, antes de voltar para o trabalho na represa, deu outra surra enorme nele por causa da suspensão.

Eu disse para minha mãe:

– Nem que a senhora me mate eu não volto mais lá.

– O Buli foi suspenso e você vai mudar de escola em pouco tempo, deixe disso.

– Mãe, eu fiquei sem calça deitado no chão, todo mundo viu.

– E daí, meu filho, vocês são crianças ainda.

– Eu não volto, mãe.

Ela me deixou falando sozinho e não insistiu comigo.

Fiquei três dias em casa, só saindo para ficar com o seu Zero.

47

Ficamos muito tempo em silêncio. Ele olhando para frente; eu olhando para o nada. Eu não parava de escutar o riso dos meninos e das meninas.

Pensei no gosto que as pessoas podem ter com a nossa dificuldade. Lembrei da frase que aquele homem idoso que estava ao meu lado havia dito: "Duvido que ele mexa com você sem uma plateia".

*"Ficamos muito tempo em silêncio.
Ele olhando para frente; eu olhando para o nada."*

Todas as vezes em que o Buli aprontou comigo, ele o fez na frente de muitas pessoas, especialmente das meninas.

– Quando Einstein passava por aqui...

– Por favor, seu Zero, hoje não.

– Quando Einstein passava por aqui com seu burro voador, todo mundo prestava atenção no defeito do bichinho...

– Por favor, seu Zero...

– O burro de Einstein tinha uma orelha mais curta do que a outra. Talvez por isso quando parava de voar ele mancasse com a pata esquerda...

– O que tem a ver uma orelha mais curta com mancar com a pata esquerda?

– Não sei, mas quando não estava voando ele pisava mais fundo de um lado do que do outro e deixava muitas marcas da sua passada na terra que havia do outro lado...

– Ah, meu Deus! Para, seu Zero!

– Os passarinhos gostavam porque quando chovia cada passo do burro deixava um buraco cheio d'água para beber...

– Se o senhor está tentando me ensinar alguma coisa, hoje eu não estou com cabeça para aprender. O senhor se incomoda de voltar mais cedo?

– A passarinhada nunca achou que o passo do burro fosse torto; sempre achou que aquele burro de orelha curta sabia guardar a água nos buracos do chão... Além do mais, como ele sabia usar as orelhas pra voar...

– Passarinho não pensa, seu Zero. Vamos embora mais cedo, por favor.

48

Minha mãe conversou com a diretora.

Ela explicou para minha mãe que o Buli era um menino que apanhava muito do pai, mas que isso não serviria de desculpa, pois ele tinha ultrapassado todos os limites comigo.

Para evitar o castigo do pai, a diretora chamou apenas sua mãe e ele foi avisado por escrito que se aprontasse mais alguma confusão sairia da escola.

Acabei cedendo e concordei em voltar.

Quando entrei no pátio não tinha coragem de olhar ninguém de frente. Cheguei e comecei a reler a vida do Einstein.

Pensava nela e no Simãozinho. Pensava nas pessoas que àquela altura estariam deixando o lugar que seria alagado pela represa.

O professor do laboratório, o "chefe do cemitério", como nós chamávamos, veio ao meu encontro e tentou me animar um pouco.

– Você não está triste pelo que aconteceu, está?

– ...

– Rapaz, deixe isso pra lá. Quero que você me ajude. Vou confiar a você algo que nunca deixei ninguém antes fazer. Você me ajuda a arrumar o laboratório? Tem uma porção de coisas no quartinho ao lado e nós vamos tirar de lá para usar com as experiências. A diretora já autorizou a tirar tudo de lá.

71

– Eu trabalho, professor. Eu ajudo a tomar conta de um senhor bem idoso e...

– Vai ser na sexta-feira no mesmo horário da aula porque os alunos vão participar de uma gincana. Como eu acho que você está querendo ficar um pouco sozinho, venha me ajudar aqui no "cemitério", ou você pensa que eu não sei o que vocês falam desse lugar?

49

O quartinho ao lado do cemitério que começamos a arrumar era pequeno e estava cheio de latas e vidros com líquidos de várias cores.

No canto havia um tambor também com um líquido dentro.

O professor pediu que eu tirasse tudo rapidamente para que eu não ficasse num lugar pequeno com o cheiro daquelas coisas.

– Eu vou buscar um carrinho de mão que nós pedimos emprestado, volto em dez minutos. Fique do lado de fora enquanto isso, que eu já volto.

– Pode ir, professor, eu já estou saindo...

Eu me abaixei para arrastar umas latinhas que estavam no canto e percebi uma sombra atrás de mim. Nem tive tempo de me virar e a porta foi trancada rapidamente.

Comecei a passar a mão na parede procurando o interruptor para acender a lâmpada e não conseguia achar.

Pensei em gritar, mas minha voz não saía.

Notei que meu pé estava pisando algo molhado, uma poça. Algo escorria por debaixo da porta.

Consegui finalmente acender a luz e vi que estava mesmo entrando um líquido por debaixo da porta, alguém estava jogando algo de fora para dentro. Escutei a voz bem baixinho do outro lado da porta:

– Olha o que o fósforo faz, Orelhão.

O líquido incendiou e começou a correr para dentro numa trilha de fogo.

Comecei a fazer xixi sem querer e o fogo subiu a prateleira. Quando chegou à parte de cima, o encontro do fogo com dois potes fez um estouro tão grande que toda a escola ouviu.

50

– Ei, por favor, você!

Ela ficou um pouco vermelha e olhou para os lados, como se tivesse dúvida se era com ela mesma.

– Você mesma, venha aqui me ajudar, por favor.

A multidão de alunos e alunas se abriu e ela começou a se aproximar. Andava com os braços cruzados e com a cabeça baixa.

Lá de trás, alguém gritou:

– Aí, Dumbo!

Houve uma explosão de gargalhadas.

Eu acompanhava com a minha dificuldade em escutar, mas entendia perfeitamente o que estava acontecendo.

– Eu vou começar a montar a cidade em miniatura e eu preciso de uma ajudante nesses dias. Você pode trabalhar comigo, querida?

– Mas eu não...

– Em três dias está pronto... Vamos lá.

51

Ela se parecia com a mãe e suas orelhas nem eram tão abertas assim.

Começamos a montar a cidade dos burros voadores e ela pouco falava, mas encaixava as peças que eu lhe passava com todo cuidado.

– O senhor é amigo da minha mãe, não é?

– Sou sim, desde criança. Eu também estudei aqui.

– Ela me falou...

52

Num dos lugares da cidade dos burros voadores eu havia colocado a "praça das cápsulas do tempo".

Ela me olhou sem entender do que se tratava.

– Eu sempre misturo um pouco os tempos. Pensei que essa cidade deveria ter uma praça em que as pessoas pudessem enterrar pequenas cápsulas com coisas que gostariam que as pessoas encontrassem no futuro.

– O que o senhor guardaria na sua cápsula?

– Olhe aqui, essa pequeníssima caixinha. É minha cápsula. Eu deixaria para o futuro a coleção de palavras de minha avó.

– Coleção de palavras? Como assim?

– Ela guardava palavras antigas, modos de falar de outros tempos e eu sempre prestei atenção a isso. Um pouco antes dela morrer, ela me disse: "Seja compassivo!" Será que no futuro alguém saberá o que significam palavras como essa? Por isso, nessa cidade há uma cápsula com uma coleção de palavras...

Pela primeira vez eu a vi sorrir:

– Aliás, a palavra cápsula não é muito usada, não é?

– Fale um pouco mais próximo do meu ouvido esquerdo, porque o direito...

– Minha mãe contou o que aconteceu e...

Duas meninas passaram correndo gritando: DUM-BO! DUM-BO!

– Elas querem me detonar...

– Na minha cápsula do tempo você encontraria palavras como "humilhar"...

– Sei lá, é só pra fazer com que eu obedeça...

– Então, na mesma cápsula você encontra a palavra "intimidar"...

53

Naqueles dias, juntos, montamos a cidade dos burros voadores; um presente para a escola em que estudei. No bosquezinho da cidadezinha, instalei seu Zero, bem pequeninho, olhando para o céu, contando burrinhos...

No segundo dia, sua mãe e seu pai apareceram para buscá-la na escola e fomos juntos almoçar: boas risadas, boas lembranças.

Mas, por outro lado, na sua casa pude ler alguns *e-mails* que ela havia recebido:

— "Você não se enxerga, Dumbo?"

— "Pensa que eu não vi você se oferecendo pros meninos?"

— "Você vai ficar sem esses dentinhos, orelhuda..."

Sua mãe não conseguia entender por que ela guardava aquelas mensagens. Também não conseguia entender por que ela não havia pedido socorro, não havia pedido ajuda.

— Nem sempre é fácil, acredite; nem sempre é possível — eu disse.

— Medo do quê?

— De muita coisa ao mesmo tempo. Tem momentos em que a gente se sente culpado pelo que estão fazendo com a gente; tem momentos em que nós chegamos a acreditar na fraqueza que dizem que temos. Se fosse fácil explicar e entender, isso não aconteceria tanto, não é?

54

Pedi para levá-la a um passeio comigo.

– Vamos remar na represa?

– Na represa?

– Sim, quem ajudou a fazer essa represa foi o pai do melhor amigo que tive na infância. Desde que voltei, sempre que posso, eu vou lá remar. Vamos?

55

Eu remava bem devagar para que o barco corresse sem pressa. Não tinha vento, só um pouco de frio de outono.

– O que se faz quando detestam a gente sem motivo? O que o senhor faria no meu lugar?

Ela perguntava sem saber que eu passei minha vida procurando entender o mesmo que ela; procurando pela mesma saída.

– Acho que a gente precisa aprender a pedir ajuda, a não deixar ir aumentando, aumentando, aumentando...

– Mas...

– Eu sei. De repente começa, a gente não entende o que está acontecendo, quando percebe tá grande demais e parece tão difícil pedir socorro...

– É que, hoje em dia...

"Eu remava bem devagar para que o barco corresse sem pressa. Não tinha vento, só um pouco de frio de outono."

– Não é só hoje em dia, querida... Não é não...

Mostrei para ela a metade da moeda de argila que a mãe de Simãozinho havia feito.

– Há muitos anos eu guardo isso comigo.

– Que bonito! Por que o senhor não conta isso pra todo mundo?

– Eu conto do meu jeito...

– Como assim?

– Veja lá na escola, na cidade em miniatura que nós montamos. Um dos burros voadores está parado ao lado do velhinho no bosque. No pescoço do burrinho está pendurada...

– Uma cópia?

– Minha avó diria uma réplica!

– Quem é o velhinho?

– Seu Zeferino, ou melhor, seu Zero...

– Zero? Por que ele?

– Porque ele tentou do seu jeito me fazer entender que orelhas podem ser asas e que há muitas formas de voar e escapar...

– Nossa... Minha mãe tem um boizinho com asas que o senhor deu para ela, não é?

– É, sim. As asas apareceram sempre onde eu menos esperava que elas aparecessem.

– E por que burros voadores?

– Isso não é comigo. Eles foram trazidos pelo Einstein, quando ele veio à nossa cidade conhecer nosso bicho-preguiça.